Un porc-épic dans un sapin

Helaine Becker

Illustrations de
Werner Zimmermann

Texte français d'Isabelle Montagnier

Éditions
SCHOLASTIC

Les illustrations sont faites au crayon,
à l'encre et à l'aquarelle sur du papier Arches 90 lbs pressé à chaud.

Catalogage avant publication de Bibliothèque et Archives Canada
Becker, Helaine, 1961-
[Porcupine in a pine tree. Français]
Un porc-épic dans un sapin / Helaine Becker ; illustrations de Werner Zimmermann ;
texte français d'Isabelle Montagnier.

Traduction de: A porcupine in a pine tree.
ISBN 978-1-4431-0701-3

1. Noël--Poésie pour la jeunesse. 2. Canada--Poésie pour la jeunesse.
I. Zimmermann, Werner II. Montagnier, Isabelle, 1965- III. Titre.
IV. Titre: Porcupine in a pine tree. Français

PS8553.E295532P6714 2010   jC811'.6   C2010-903127-X

Édition publiée par les Éditions Scholastic, 604, rue King Ouest,
Toronto (Ontario) M5V 1E1 CANADA.

6 5 4 3 2 1   Imprimé à Singapour   46   10 11 12 13 14

Aux meilleurs enfants
du monde – les enfants canadiens!
❧ H.B.

D'un tendre Grumpa à son Blipette chéri
❧ W.Z.

Le premier jour de Noël,
Mon amour m'a donné

Un beau porc-épic dans un sapin.

Le deuxième jour de Noël,
Mon amour m'a donné

Deux caribous
Et un porc-épic dans un sapin.

Le troisième jour de Noël,
Mon amour m'a donné

Trois castors bruns,
Deux caribous
Et un porc-épic dans un sapin.

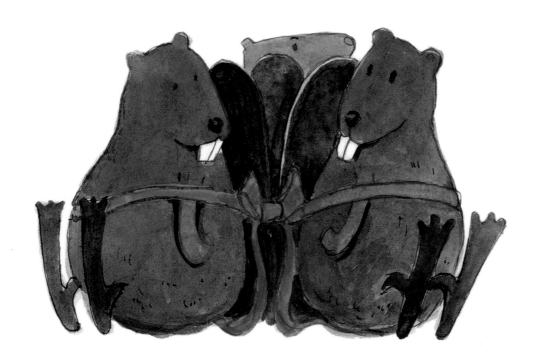

Le quatrième jour de Noël,
Mon amour m'a donné

Quatre élans brailleurs,
Trois castors bruns,
Deux caribous
Et un porc-épic dans un sapin.

Le cinquième jour de Noël,
Mon amour m'a donné

Cinq coupes d'argent,
Quatre élans brailleurs,
Trois castors bruns,
Deux caribous
Et un porc-épic dans un sapin.

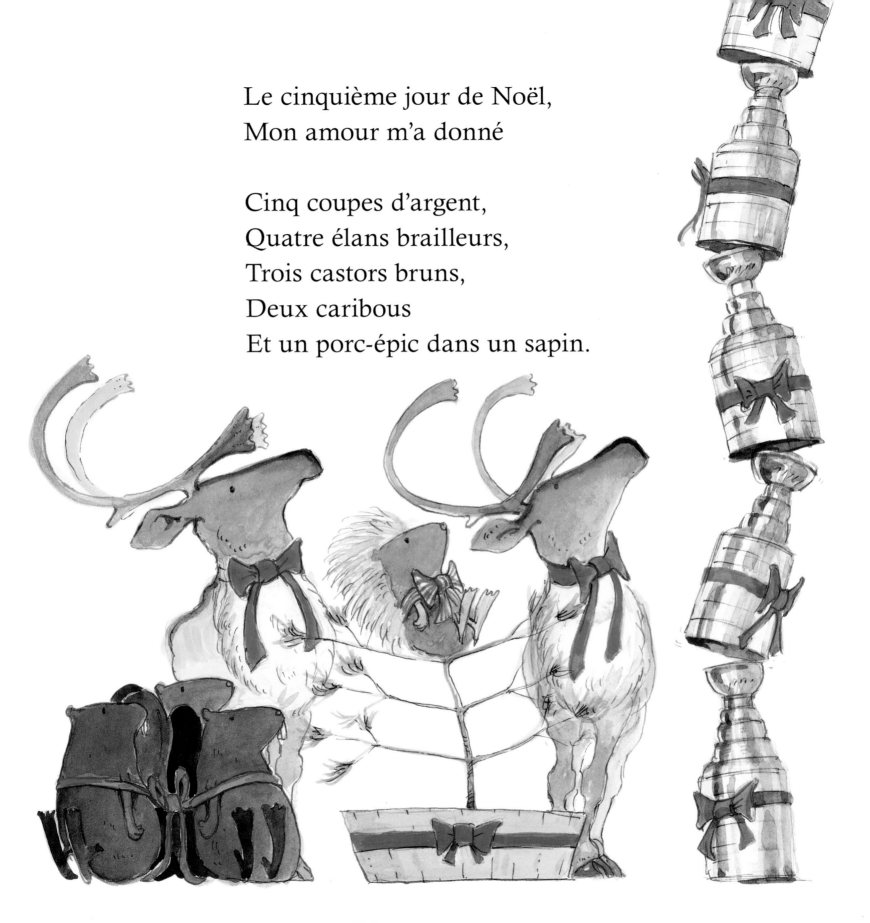

Le sixième jour de Noël,
Mon amour m'a donné

Six balayeurs,
Cinq coupes d'argent,
Quatre élans brailleurs,
Trois castors bruns,
Deux caribous
Et un porc-épic dans un sapin.

Le septième jour de Noël,
Mon amour m'a donné

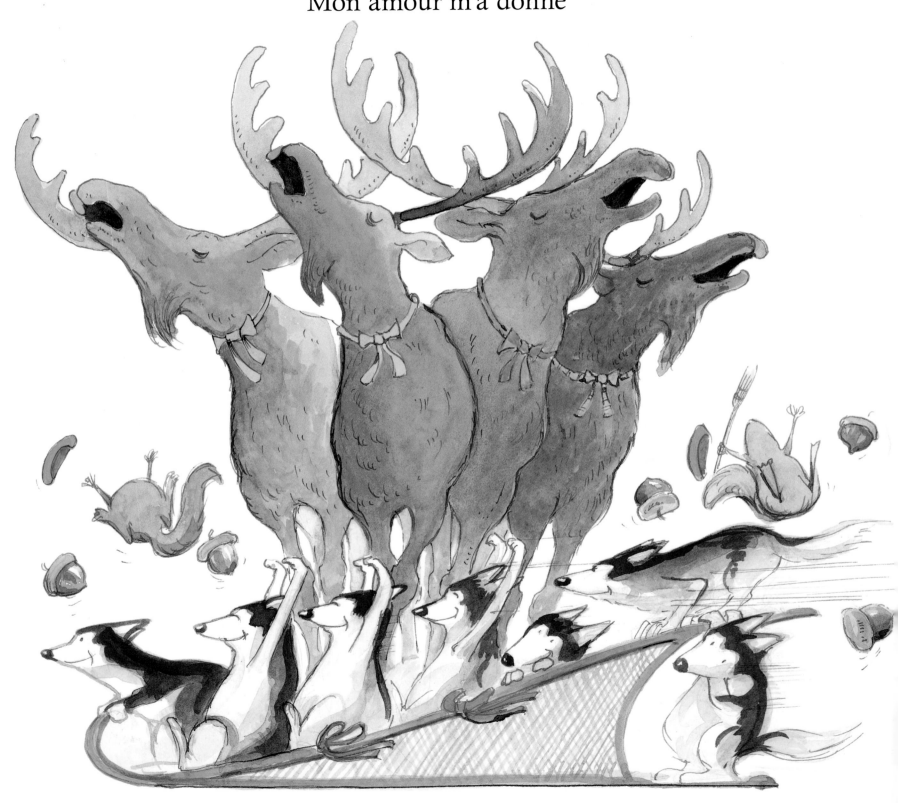

Sept huskies vaillants,
Six balayeurs,
Cinq coupes d'argent,
Quatre élans brailleurs,
Trois castors bruns,
Deux caribous
Et un porc-épic dans un sapin.

Le huitième jour de Noël,
Mon amour m'a donné

Huit gendarmes gourmands,
Sept huskies vaillants,
Six balayeurs,
Cinq coupes d'argent,
Quatre élans brailleurs,
Trois castors bruns,
Deux caribous
Et un porc-épic dans un sapin.

Le neuvième jour de Noël,
Mon amour m'a donné

Neuf canards campeurs,

Huit gendarmes gourmands,

Sept huskies vaillants,

Six balayeurs,

Cinq coupes d'argent,

Quatre élans brailleurs,

Trois castors bruns,

Deux caribous

Et un porc-épic dans un sapin.

Le dixième jour de Noël,
Mon amour m'a donné

Dix joueurs de hockey,
Neuf canards campeurs,
Huit gendarmes gourmands,
Sept huskies vaillants,
Six balayeurs,
Cinq coupes d'argent,
Quatre élans brailleurs,
Trois castors bruns,
Deux caribous
Et un porc-épic dans un sapin.

Le onzième jour de Noël,
Mon amour m'a donné

Onze cornemuseurs,
Dix joueurs de hockey,
Neuf canards campeurs,
Huit gendarmes gourmands,
Sept huskies vaillants,
Six balayeurs,
Cinq coupes d'argent,
Quatre élans brailleurs,
Trois castors bruns,
Deux caribous
Et un porc-épic dans un sapin.

Le douzième jour de Noël,
Mon amour m'a donné

Douze oursons danseurs,
Onze cornemuseurs,
Dix joueurs de hockey,
Neuf canards campeurs,
Huit gendarmes gourmands,
Sept huskies vaillants,
Six balayeurs,
Cinq coupes d'argent,
Quatre élans brailleurs,
Trois castors bruns,
Deux caribous,

Un porc-épic,

Un sapin vert et un . . .